MI MEDIA NARANJA

Felipe Trigo

PRIMERA PARTE

CAPÍTULO I

Como el otro, yo quisiera poder ser:

> entre señores, señor,
> y allá entre los reyes, rey.

Mas no puedo.

Comprendo que siempre me falta o me sobra algo para estar adecuadamente entre las gentes.

Aquí, por ejemplo, delante de mi novia, delante de mi Inés.

¿Me sobra? ¿Me falta?

No lo sé.

Probablemente, ambas cosas a un tiempo.

Me falta un poco de vergüenza, y me sobra este ansioso pensar en mí... señora de esta noche.

Tengo prisa. Tengo verdadera impaciencia por oir las siete y porque se acabe este té. Un coche. Jala me estará esperando. Estará encendida la chimenea de leña en mi salón, y la mesa.

Me distraigo. Háblame mi novia, y pienso en Jala.

Jala debe de estar allí desde hace media hora. La mesa y la lumbre, elegantísima, alzadas quizá las sedas de sus faldas para calentarse mejor los pies tendidos hacia el fuego. Juraría que se aburre, que bosteza, y que está tirada atrás en el respaldo, sin haberse quitado aún la suelta capa turca, color fresa... ¡Cómo sabe que es rubia, la ladrona!

-¡Toma! ¡de coco!

-¿Qué?

-¡De coco!... ¡Y pan racional!... ¿Quieres manteca?

-No, gracias, Inés.

Casi tan rubia como Inés.

La pobre Inés no sabe, no podrá saber nunca por qué tomo el té esta noche, lo mismo que tantas otras noches, sin galletas, sin manteca y sin el pan racional.

A fin de que no advierta mi preocupación, hablo con su padre y con los amigos. Además, me he sentado en frente del reloj, aun á trueque de que me vaya tostando la espalda el aire de esta estufa.

-Sí, sí, señores... á mí me parecería también peor la dictadura del rojo fanatismo.

-¿Peor que cuál, querido Aurelio?

-Peor que el otro... que el blanco, que el negro, padre Garcés. Peor que el de ustedes.

Incluyo en la amable franqueza á mi futuro suegro y vitalicio senador, y el padre Garcés y el suegro futuro me sonríen.

Pero el padre Garcés, el sabio padre Garcés es casuista, y me pregunta y depura mi intención:

-¿Por qué, vamos a ver?

-Porque, al menos, el de ustedes, está bien educado.

-Gracias... ¡oh!

Se trata de no sé cual votación en la alta Cámara, en favor de Roma. No he logrado enterarme. Jala me preocupa. Pero á mi novia y á su madre, igual que á esta vieja vizcondesa de Versala, les place mucho verme conversando afablemente con el sabio jesuíta. Eso de que un sabio jesuíta y un joven diputado, incrédulo y «diabólico» puedan charlar sin devorarse, hasta con agrado, hasta con mucha estimación (permítome afirmarlo), les parece el colmo del milagro.

Tal vez, como el propio padre Garcés, ellas esperan que me convertirán... á cuenta de calma y tiempo. Por lo pronto, les gusta venir notando que mis discursos radicales, y aun mi libro «La nueva moral» (único hasta hoy -porque el dinero de mis dehesas andaluzas me consiente ser un poco vago-) respiran por todos sus descaros «de buen gusto una cortés condescendencia hacia mil cosas respetablemente despreciables...»

Mi suegro es otra cosa. Hombre de su tiempo, rico, joven todavía, es conservador por estirpe y por inercia; su padre fué conservador; su abuelo de Narváez. Y como su abuelo, como su padre, es un «galante hombre» ante todo. Vota en favor del Papa, y se va á cenar con una actriz en la cueva del Casino.

¡Pobre Jala!

Las siete menos diez.

Me falta ó me sobra algo para estar á gusto aquí, junto á esta novia tan bonita.

La miro y me sonríe.

Me quiere. Me adora.

Es tan linda como Jala.

-¿Adónde vas esta noche? ¿Tienes prisa?

¡Diablo! ¡Nota que miro al reloj!

-No. Es decir, no... hasta cierto punto. A las siete me ha citado un señor.

-¿Cuál?

-Un amigo.

Se calla. Sonríese Inés. Es prudente. Me cree. Ella ni su madre, no han leído mi libro. Les basta que el Padre Garcés y los periódicos hayan dicho que es un tanto subversivo. En esto coinciden los jesuítas y los periodistas radicales. -Sólo que como el buen padre me tolera, y aun me estima, á mi, al tratadista subversivo, Inés y la madre de Inés no han opuesto el menor inconveniente á mi noviazgo.

Quizá el buen padre Garcés, para haberse opuesto, comprendió que le llegaba un tanto tarde la ocasión. Se conforma con el alma de mi novia -y yo, hasta ahora cuando menos, no se la disputo... ¡Caramba, es tan delicado esto de jugar á la pelota con el alma blanca de una niña!

Porque Inés, á pesar de sus veinticuatro años, es un alma de candor... ¡y yo no sé si es esto una desdicha ó una suerte!

Me casaré con Inés... ¡Ya lo creo! Sin embargo, y por lo mismo que lo quiero, que lo ansía mi corazón, estimo una crueldad que la suerte nos haya conducido por caminos tan opuestamente diferentes: ó á mí debió conservarme puro y noble como á ella, ó de ella debió hacer una muchacha más mundana, más metida en alegrías y en sociedad, más dispuesta á ser, junto á la especie de truhán honrado que yo soy, una perfecta comprensiva de mi vida..., ó lo que es lo mismo, de la vida de su honorable padre y de todos los demás que vivimos en Madrid con unos miles de pesetas siempre disponibles.

Sí, muy difícil. La quiero por noble y buena, por candorosa, por infinitamente candorosa, y hasta por creyente y por cristiana...; y á pesar de todo, aquí, en su hotel, yo quisiera que ella pudiera escapar hacia su alcoba, que yo pudiese ahora mismo también escabullirme entre los cersis del jardín, y que... en su lecho, harto más lujoso y dulce que el feriesco lecho de lujurias bestias de mi bestia «garçoniére», ella, Inés, en vez de Jala, fuese la que me hubiese de dar en esta noche el espléndido banquete de su vida.

¡Oh, sí, es más bonita que Jala! ¡Es mía, ó será toda mía, y de nadie más, al revés que Jala que va á ser mía después de ser de todo el mundo..., y no obstante, mi Inés tendrá que ser mía con fórmulas de bodas, con largas y ridículas fórmulas de boda, de pregón, de curas y consejos, de madrinas que la habrán de desnudar como á una santa... en vez de dejármela desnudar á besos y caricias locas de mis manos...!

¡Oh, Dios...! Jala..., las Jalas tendrán siempre su ventaja del arte de agradar sobre las purísimas y honestísimas esposas!

Pero... ¡las siete!

Me levanto. Me despido.

-¡Adiós, vidita! -dígole á mi novia.

Y el padre Garcés me lanza aún hacia la puerta:

-¡Qué sea usted bueno!

Este padre parte un pelo por el aire. Apostaría á que ha estudiado en mi inquietud que... no es «amigo» quien me espera.

CAPÍTULO II

Salgo.

Este hotel está lejos de todo.

Hay coches cerca, por fortuna. Llego á la parada y tomo un simón.

El caballo no puede con su estampa; trota penosamente cuesta arriba, hacia la plaza de Chamberí.

Cruzamos por frente á un alcázar de ladrillo, que debe de ser de jesuítas, y veo, en su pesadumbre, no sé qué pesadumbres que abruman el alma de mi novia.

Más arriba, otro alcázar de ladrillo. ¿Monjas ó jesuítas también?

No sé.

Los jesuítas no gustan de hacer de piedra sus palacios.

Diríase que saben que no los hacen para siglos....

Mi afán, harto más ligero que el caballo, me aparta de Inés y me pone junto á Jala. Me sigue la obsesión de diferencias entre estas mujeres de placer y aquellas honestísimas esposas.

Unas, la gracia, la alegría, la casi pagana majestad en la estatuaria ostentación de sus hechizos. Forman con nuestra desaprensión de hombres la... apariencia... la apariencia de la pareja despreocupadamente bella del amor.

Otras, el recato y la torpeza..., la buena educación hipócrita llevada en semi-velos perennes del pudor hasta «el tálamo nupcial»...

Vale la pena pensar si yo debo casarme. El problema es arduo, en mí. No busco una boda de ventaja, de pecuniaria salvación en el naufragio de la vida, como tantos, y por lo mismo son del más neto sentimentalismo las razones que habrán de decidirme.

Quiero á Inés -esto es indudable.

Ella, si supiese adonde voy en este coche, y que así y todo pienso y siento que la quiero, me aborrecería.

Pero yo, tratadista, que me he tomado el trabajo de meditar profundamente muchas cosas de la vida, sé que la quiero.

Y no sólo que la quiero, sino que la quiero más que podría quererla nadie..., por lo mismo que su imagen y su cariño se me imponen por encima de no importa qué otras realidades ó esperanzas de mujeres. ¡Oh, si yo por magia pudiese hacer que fuese Inés, la virgen, la purísima..., quien pudiese estar esperándome ahora en vez de Jala!

En vez de Jala... y para la misma fiesta galante, sin embargo, de champañas y de besos y locuras por su plena desnudez.

O, ¿qué?... si me caso..., si llego á casarme con ella, ¿no habrá significado esto que la adoro tanto que la pueda preferir á todas las demás, incluso con la horrible limitación de sus pudores...? Sí; porque yo renunciaría á las otras, esclavo de mi obligación de dignidad, por no engañarla.

Es justamente lo que para nuestra boda me detiene.

Mientras sea su novio; mi deber de dignidad, mi fiel obligación, no está resuelta; es decir, no está contraída por algo más que una palabra, puesto que habrá de ser un juramento.

¡No, no me casaré... ó habré de casarme para cumplir enteramente mis deberes!... Lo contrario sería una farsa estúpida que no valdría la pena de haber poseído á Inés como á una más de las demás.

¡Vamos, un atranco de tranvías!... Se para el coche. Esta calle de Fuencarral, con su estrechez, resulta una delicia. Miro por la ventanilla y veo nada menos que siete tranvías en fila tras un camión de mudanza.

¡Pobre Jala!... La cité para las seis, sin recordar que tiene Inés sus tés los martes y que no la gusta que me ausente hasta las siete.

Vuelvo á pensar en una y otra.

Este amor mío por Inés, es nuevo. Moderno. Es racional, como su pan riquísimo y de lujo, aunque parece el pan de los cuarteles.

Es que en el amor, como en el pan y en tantas cosas, todo el toque de lo nuevo está en hacerlo de lo viejo.

«¡Un amor lleno de infidelidades, bah!» -dirá el asombro asustadizo de cualquiera.

Pues, sí. Un amor.

Precisamente eso le diferencia de la pasión y la lujuria, aun rodeado él mismo de lujurias, por contraste.

Sobre todas mis lujurias, él vive, él triunfa... faro de esperanza y salvación en la pureza. Está en mi alma como una redención.

Se dice, á guisa de argumento contra el amor: «Tan pronto como el hombre ha saciado sus deseos con una mujer, la mujer le inspira insoportable indiferencia, si no asco y aversión que le obligan á apresurarse á abandonarla.»

Esto no es verdad.

O mejor dicho, es verdad en la «lujuria».

Por el contrario, en la «pasión» el apasionado continúa con todas sus ambiciones puestas y acrecidas en la mujer, por mucho que le haya saciado materialmente. Y además, con un ansia material de ella, inagotable.

Terminante prueba para que pueda cualquiera conocer si su obsesión hacia una mujer era apasionada ó lujuriosa.

En el «Amor», en el verdadero amor, en cambio, el hecho de la posesión material no tiene esa exagerada transcendencia, ni en más ni en menos. La posesión no significa en él sino un acto natural, por igual impregnado de sensualidad y mentalismo, y después del cual, en la mujer, queda la amiga infinita.

Un lazo más de gratitud en la mutualidad y dignidad de los placeres compartidos, he aquí todo.

Por eso yo me casaría.

Y por eso... no me casaré, probablemente.

Porque no podría encontrar en Inés, en mi amada mujer, á la amiga infinita, capaz de resumirme ennoblecida la espiritualidad de todos los amigos y la sensualidad de todas las mujeres.

¡No, no me casaré! ¡Y qué pena! ¡es tan bonita Inés, y tan inteligente!

Vaya... ya anda el coche.

¡Jala, pobre Jala!... ¡tú también eres tan linda!

Me asomo á la ventana.

-¡Hala, cochero, aprisa! ¡Jala!... digo ¡hala!

CAPÍTULO III

Mi casa tiene el honor de estar frente á Neptuno.

Es un sitio de honor en Madrid. Árboles, estatuas, flores, palacios del Museo y de la Bolsa...

Subo.

No es igual venir á abrazar á una mujer frente á Neptuno, rodeado por dioses y cupones y Goyas y Velázquez..., ó en una zahúrda maloliente de la calle de Tudescos.

Hay clases en todo.

Por ejemplo, en esta puerta principal vive una duquesa. En la escalera de mármol, acabo de terminar los tramos alfombrados. Sigo. Mis dominios son más de las alturas. La duquesa, dueña del inmueble, debe saber por el portero que yo subo á mi cuarto damas bien vestidas... ¿Lo consentiría si fuesen golfas de la calle?

Piso segundo. «Ancora» otro.

-«¡Marajan dajan!» -me digo en oriental, parándome un momento.

Descansado, acabo de subir -porque es ridículo presentarse á una mujer echando el alma por la boca.

Llamo, y me abre Otilia, mi vieja y discretísima señora de gobierno.

-Ahí está.

-¿Quién?

-No sé. No ha dicho su nombre.

-¿Pero... una mujer?

-Sí. Cansada de esperarle. Vino á las seis en punto, la pobre.

-¡Bravo!... Ve preparando la cena. ¿Qué has puesto?

-Ostras, consomé, morcilla de Gerona, codornices, truchas...

-Bueno.

Suelto el gabán, cuelgo el sombrero en un cuerno del toro «Perdigón», que mató al pobre «Espartero», y cuya cabeza conservo disecada como último ridículo recuerdo de mi juvenil tauromanía. Me arreglo ante el espejo-jardinera el bigote y la corbata.

¡Jala!

¡Oh, rumana pijotera! ¡Baila como un diablo, y dice que durmió una noche con el príncipe Andrewikjeh!... ¡Cómo saben ellas que nos gusta que hayan dormido con príncipes, con muchos príncipes!... O, lo que no es igual: no dormido.

Entro.

Si no de príncipe, son de seda las cortinas de mi sala. Cruzo ésta, un poco misteriosamente impresionado, y llego á las cortinas del más íntimo salón..., aunque más grande.

Me detengo, y toso levemente.

A una bella debe advertírsela siempre, para que componga su faz en atractivo.

-¡Jala!

No responde.

Paso.

Junto al fuego, en la butaca carmesí, sólo está su capa, color fresa.

¡Diablo!... ¡Se ha dormido! ¡Está en la alcoba, en la cama!... ¡Cansada de esperar!

-¡Jala! -vuelvo á decir en las columnas, tras de los encajes.

Y como no responde, voy al lecho, repitiendo:

-¡Jala! ¡Jala!... ¡mujer!

Duerme profundamente,

La muevo, y no lo siente siquiera.

Bien. No me parece mal este preámbulo. Lo aprovecharé en mi beneficio; es decir, para sentarme aquí y reposar de la escalera. Porque insisto en que es grotesco presentarse «garleando», como un galgo cansado, ante una mujer encantadora. El cansancio no se debe contar para nada en estas lides.

Jala está semi de espaldas en el lecho. Tendida sobre las ropas, vestida, calzada. Sólo una pierna asoma un poco por sus faldas.

Las fuertes luces de la sala lanzan sobre Jala las sombras de los rameados dibujos del tul de las cortinas.

En tal penumbra la encuentro más hermosa. Casi ideal.

El lecho es bajo. Lo domino desde esta pequeña marquesita cielo, en que descanso.

¡Oh, qué flor de delicadeza incomparable es siempre una mujer como esta Jala!

Su rostro queda en el listón de sombra que le proyecta una columna.

Tiene el blancor y la suavidad y la serenidad de una azucena dormida.

¡Pobre! ¡Bendita y excelsa á la vez!... Me bastará despertarla, quererlo, y este tesoro de Dios me brindará á los ojos el hechizo entero de su gracia y me ahogará con suavísimas delicias.

¿Dónde hay teatro, ni música, ni libro que supere ni aun iguale á una mujer?...

¡Preciosa Jala!

Te adoro, te adoro ya con alma y vida, en esta hora, sin más que ponerle yo un poco de alma de mi alma al cuadro seductor de tu estática belleza..., y juro que no te hubiese de trocar en este instante por un trono..., por todos juntos los otros placeres y orgullos de la tierra.

Mi cama es más que trono, por ti.

Es altar, diosa, porque te tiene..., y son gloria mi vida y este cuarto.

¡Oh, Jala! ¡Bailarina! ¡Bohemia!... ¿De dónde eres?... ¿Del mundo?... ¡Patria enorme!

¿Qué padre, qué madre y qué hermanos te están acaso ahora recordando? ¿Te admiran ó te compadecen?... ¡No te importa!... Tú, bohemia, bailarina, que aprendiste en Francia el francés, que aprendiste en Italia el italiano, que vas aprendiendo español en España, y todo el amor en todas partes, sabes que estás en tu patria humana sin cesar, que estás aquí en tu casa... porque ésta es la casa de un hombre y un hermano y un amante que te besa, que te admira, que te adora y que te acogerá en su religión de idolatrías.

¡Pobre Jala! ¡Bella y excelsa también!... Tú hablas de un mundo del porvenir, sin la actual horrenda hipocresía, en que no sea crimen ni pecado en la carne de mujer lo que no lo es en el mármol del artista, ¡la estatua! ¡El traje de alma solamente, de resplandor de la propia desnudez, tan pura como en las manos y en la faz, en el pecho y en los muslos! ¡De un mundo en que vosotras, pobres mujeres divinas, sepáis que vais constantemente entre rosas del amor y la alegría, entre auroras de cielos y de almas! ¡Tú!...

Pero... hoy, aun no podéis saber, bohemias, si el que os llama al misterio de su hogar ó el que recibís en el vuestro con el noble título de hombre, es hombre... ó caballero-ladrón bien vestido, que os vaya á robar y á quitaros vuestras joyas.

-¡Jala!

No contesta.

Le tomo una mano y se la beso.

Efectivamente, si yo fuese un asesino o un loco -¡ella qué sabe!- la podría matar con un puñal. ¡Deben de ser brillantes y perlas de verdad estas grandes perlas y brillantes de sus zarcillos, de sus pulseras!... Y entonces habría venido y se habría dormido aquí ofreciéndole á la impunidad de la codicia tres mil duros.

¡Oh, bohemia! ¡Oh, alma de ángel! ¡Oh, firmísima fe infantil de humanidad!... ¡Sólo tú, aunque alguna vez te mate un rastacuero en Londres ó en París, habrás vivido, habrás pasado con tu aureola perversa de inocencia como «sobre un mundo tuyo» por el mundo!

Sí, sí. Lo pienso. Lo confirmo por contraste. Esta mujer ve el mundo con más gentil y generoso candor... que las demás.

Quiero decir... que las honestas señoritas, quienes saben, completamente en indefensas fierecillas, que son fieras los que habrán de rodearlas así que salgan del amparo de su padre y de su madre. ¡Y qué horrible vivir, saber que se vive en un planeta cuya plena redondez sea de indecencia á partir de los umbrales de la casa!

Yo no sé si es el pudor el que tendrá la culpa de esto.

Sólo sé que es bien horrible.

-¡Jala!

Me decido. Me levanto. Quiero despertarla.

-¡Jala! ¡Jala!... ¡Qué sueño, alma!... Pero... ¡mujer!

Hago brillar la luz, en el testero, y vuélvole también la llave al globo rojo.

Jala no ha hecho más que girar un poco la cabeza por la almohada.

Sigue durmiendo, y ronca, en la forzada posición.

¿Está borracha?

Me fijo en ella. Al darle un beso, he creído percibir en su aliento el coñac. Lo advertí la otra noche. Le gusta el coñac como á un demonio.

La claridad la llena ahora.

¡Cruel la claridad!... ¡Era tan discreta, es tan discreta la penumbra en que uno se imagina poéticamente lo que quiere!... A las cosas reales les basta con ser un motivo para bellas fantasías.

¡Jala!

No, no es que la llame ahora, sino que... «deploro».

Esta mujer está cansada, rendida, fatigadísima. Su blancura... es lividez térrea y seca. Tiene entreabierta la boca, y el aire de la respiración le ha secado horriblemente la pintura de los labios.

No son labios; sobre los dientes, pastosos y secos también, parecen un paréntesis hecho con dos lombrices muertas y resquebrajadas. Diríase que al despertar, al querer moverlos, van á partírsele como dos pedazos viejos de caucho.

He aquí por qué al besarlos sentí una áspera sensación de hule roto ó de balleta.

Borracha, no. Cansada, hastiada.

¿De qué?

De no dormir en quién sepa cuántas noches. De prodigar caricias, y besos, y suspiros... á cuenta de billetes. Su alma y su paladar deben estar igualmente amargos y cansados. Sus brazos, también. Al concederme esta cita, tuvo que computar la hora y el día de su semana. ¡Terrible semana de trabajo!

Bien. Habrá que resignarse.

Era yo demasiado estúpido al pensar que mi ilusión pudiese ella compartirla. Se durmió... cómo se hubiese alegrado de que no viniese..., con tal de poder encontrar al marcharse treinta duros.

-¡Jala!

Ha sido casi un puñetazo, esta vez, y ella se remueve.

-¡Déjame, hombre! ¡Déjame ya! ¡Tengo sueño!

¡Aire! «¡Déjame ya!» Se creerá que estoy acostado con ella y que está quizás amaneciendo.

-¡Jala!

Abre los ojos. Me mira idiotamente. Se incorpora, mira alrededor y se hace cargo.

Intenta sonreir, hablar, y siente en los labios indudablemente la tirantez de la pintura. Entonces los mueve y se los humedece con la lengua.

-¡Oh, «tuá»! -dice por fin.

Se echa torpemente de la cama, sacando las piernas bien calzadas, lo primero, en el desorden de sus ropas, y se pone en pie.

-¿Qué hora es? -me pregunta en extranjero.

-Las siete y media -contesto en castellano.

-¡Ah, sí! ¡Las siete y media!... -replica en castellano, dándose cuenta de mi nacionalidad.- ¡Cuánto tardaste! Espera. Si vamos á cenar, voy á lavarme un poco las manos y la boca. ¿Hay elixir?

Le indico el tocador, y parto á esperarla en la mesa.

Por unos minutos oigo su trasteo de aguas y de frascos. En mi tocador no hay pinturas. Tendrá que conformarse con esencias y jabones.

Viene, al fin. Pero viene... ¡oh! ¡maravillosa!

¡Maravillosa!

Fresca, riente, sonrosada, con los dientes pulidísimos y los labios puros y encarnados.

Sin duda traía ella pasta de carmín en su escarcela.

Parece... ¡nueva!

Parece que... acaba de levantarse de un descanso leve de pureza, que acaba de salir del mar... como una Venus rubia y vestida por sastres de Inglaterra.

Es la comedianta del amor. Es la profesora seductora. Sonríe, y promete su sonrisa un paraíso.

Levántome cortés, acepto el beso suyo, en la boca ya dulcísima y suave, que no sabe á coñac, sino á... ambrosía, y la instalo junto á mí.

El fuego nos lanza su vivo resplandor.

Toco el timbre, y llega Otilia con las ostras y el chablis.

-¡Jala!

Vuelve el nombre á ser suspiro de oración entre mis labios.

¿Qué me importa que todo pueda ser mentira en tal mujer, su amor y su frescura, si sabe parecer insuperable?

Sorbo una ostra, y recuerdo el célebre soneto:

¡Ni es cielo, ni es azul!

¡Lástima grande que no sea verdad tanta belleza!

Pero... ¡amigo!...

CAPÍTULO IV

Miro el reloj.

Las once menos cuarto.

Jala acaba de partir. Baila en el Salón Madrid su danza griega á las once en punto.

Otro curso de pública voluptuosidad como á mí acaba de explicármelo en privado... con prácticas.

Jala deja llena de tedio mi casa y mi alma. Desde las diez, tenía ya un verdadero afán por que se fuese.

Y, no obstante, la pobre ha hecho cuanto humanamente estaba de su parte por ser gentil. Toda la coquetería. Toda la galantería.

Recuerdo á mi Inés.

Lánzame de la cama el afán de contemplar el bello retrato de mi Inés.

Está sobre la chimenea. Llego, lo cojo y acércolo á mis labios con el ansia de un largo beso de pureza.

He cerrado los ojos para dormirme en la pureza del beso á este retrato, y al abrirlos parece que se me burlan todos estos innumerables retratos, que llenan las paredes, los estantes, las vitrinas -de estas otras mujeres como Jala.

Es una manía bien dulce: toda mujer que pasa por mis brazos le ha de dejar á «mi museo», á mi recuerdo personal, su fotografía.

Allí está la de Jala, en cueros (quiero decir con su público «traje» de baile: sin mallas y con unas gasas por el seno y la cadera); allí está, sobre la mesita de noche.

La mayor parte de todas estas más, no andan mejor de ropa.

Me voy vistiendo.

Sigo, al mismo tiempo, mirando los retratos.

Algunos, pertenecientes á las púdicas, y que marcan historias más ó menos complicadas, terribles, dramáticas algunas veces..., están, como el de Inés, y por contraste con los mil de los trances volanderos, castamente vestidos hasta el cuello y las muñecas.

De las desnudeces de algunas de sus «dueñas» sólo conserva el recuerdo el fondo de mis ojos.

¿Por qué esta diferencia entre unas y otras, de pudor y de descaro?

Mujeres, mujeres por igual.

Y se diría que son seres de dos razas diferentes, de dos mundos diversos... las impuras y las puras.

Es mi dolor.

Mi dolor eterno, terrible é implacable.

Yo ó les pondría á las deshonestas, en su bella libertad, un poco de perfume de candor, ó á las pudorosas un mucho de este inmenso y pagano arte de agradar de las impúdicas.

Entre tanto, mi vida, mis ansias; no tienen más remedio que ir en continuos rechazos y atracciones de las unas á las otras. Desde las Ineses á las Jalas. Saladísimas las Jalas, pero bestias. Deliciosas las Ineses, pero sosas.

De una sosería absolutamente inaceptable para los que ya tenemos demasiadamente el gusto de la sal.

Yo quisiera resumir en sólo una bella mujer y para siempre... al ángel con la hetaira.

¿Dónde está?... ¿Inés?

Problema.

¡Y bien problema!

Cuando me casase y ella viniese aquí..., probablemente, seguramente, empezaría por destruirme este museo sentimental, por querer quemar estos retratos... ¡si yo no los guardase previamente «como la múltiple vergüenza de las vergüenzas de mi vida»!

Es decir, que mi boda, que mi «aspiración á una honrada», habría de condicionarse por una abdicación, por una especie de reconocimiento implícito, en mi conciencia, de toda «la vileza y la indecorosidad» de mi pasado. Por una hipocresía... como en los demás, puesto que ni yo ni los demás, por eso, habríamos de dejar de recordar «ese pasado» con delicia y con... orgullo.

¡Valiente «base» para cimentar un matrimonio! ¡Valiente modo de fundar sobre la mutua fe y sobre la recíproca lealtad de dos «medias naranjas» el «naranjal» de una familia!

Bien. Estoy vestido. Me voy.

El caso es que como siempre, me llevo de con las mujeres (¡oh, divinas, sin embargo!) una gran pena de engañado, de defraudado, de insatisfecho... como un sediento de la vida que quisiera alguna vez la copa entera de la vida, y que bebe siempre... media copa.

Salgo.

Vuelvo á descender la marmórea escalera de mi nobilísima casera la duquesa.

En la copa me ha faltado esta noche su mitad de alma... y hablaría ahora de buen grado con mi Inés. No es posible. Su madre hace que ella sea, para mí, la novia niña con quien sólo se habla ante las gentes.

En su verja, á esta luna, doselada ella por los cersis... ¡cuán puro había de ser el beso que le diera!

No es posible.

A falta de ella, y si no fuese tan tarde, querría llenar mi alma con su imagen, fingida entre las etéreas y románticas armonías de alguna orquesta.

¡Sí, sí, resueltamente; desde hace poco tiempo me encuentro en una «crisis lírica»!... Mi vida idiota de soltero y volandero me aburre. Úrgeme cambiarla. Pero... ¿cómo, si no se puede hacer de una esposa la perfecta compañera, la enorme amiga, la exacta é igual «media naranja» tan famosa, capaz de compenetrar todos sus jugos... y sus sales, con la otra media?

Por lo pronto, en la duda, me acogeré á la amplia franqueza y á la hermosa libertad con mis amigos. Tengo mi tertulia en el Casino.

CAPÍTULO V

Está hermosísima la tarde.

Y... ¡qué horrible!, yo, me aburro.

Sigo el Prado, lentamente. He salido de mi casa como echado por una soledad de bello panteón. Todos aquellos retratos, todas aquellas cosas de mujeres, me parecen epitafios, me parecen cosas muertas.

¡Horrible!

En pleno Madrid, con la cartera llena de billetes, y... ¿adónde ir?

Me fastidian los amigos del Casino y del Congreso. Me causa espanto la sola idea de un «cine», ó de un teatro, ó de una sala de ruleta. Inés habría de parecerme una «muñeca de virtud», vigilada por su madre... Y las otras: Elena, estúpida; Matilde, presumida; Jala, insoportable...

Además, tengo mi casa perfumada (desde ayer) de un nuevo perfume de cocota.

¿Adónde ir?... ¿A Recoletos?

¡A ver mujeres! O encontraría una honrada, para novia..., como Inés, ó una deshonesta, ó una querida más, de veinte días ó de una hora, como Jala, como Matilde, como Elena...

¡Horrible! ¡Bien horrible!

¡Cuántos, como este pobre joven mal vestido, como aquel obrero, me verán y envidiarán mi... ostentación, mi traje inglés, mis botas nuevas, mis guantes y mi bastón y mi corbata impecables!... Y sin embargo, yo podría ahora mismo hacer una sola imposible gran cosa con agrado; reunir á no sé cuantas docenas ó miles de hombres que haya como yo, en un «mitin subversivo», y decirles esta verdad inmensa: -«¡Compañeros... tenemos la peor de las pobrezas; porque es, en nuestro afán de almas y nobleza y amistad, la pobreza irredimible del caudal, que aun no tiene el mundo, de alma, de amistad y de nobleza. ¿Dónde está el Banco que pudiéramos nosotros asaltar?»...

Para desenvolver siquiera la entraña de esta grande idea tan triste, si no en un «mitin,» en un libro, yo podría volverme á casa y trabajar. Pero..., vuelvo á pensarlo, mi casa me arroja de ella como un bello panteón. Para trabajar con fe, con altruista amor por los demás, yo necesitaría ante todo la «razón de la fe en mí mismo»: es decir, una amiga-amante-compañera, dulce como un ángel, bella y brava como Venus..., capaz de resumirme el ideal de la esposa-novia, en toda la voluptuosidad de la querida.

¡Oh, mi Inés!

Y mientras no tenga esa fe, esa previa instalación total de mi ventura, no haré nada de provecho. Estoy convencidísimo. Mi vida continuará rodando por esta necia alternación, invariable, de tres días de fastidio suprahumano... y una noche humana por demás -á cada tres, con ansia de restorán y de sedas y variadas carnes blancas de rubia ó pelinegra.

Oigo un tren. Silba. Es en la estación del Mediodía... ¿quiere decirme que salga de Madrid?... ¡Bah, me diese igual! Londres. París... Mi traje inglés, billetes en mi cartera... y el mismo aburrimiento. Los mismos «restaurants», las mismas damas...

Sería caso de pensar en el alcohol..., en la perpetua borrachera (si no fuese tan ingrato el despertar), ó en una caza de leones.

Comprendo al fin, perfectamente, á los príncipes que se van al Polo Norte.

Tomo un simón. ¡Al Casino! ¡qué caramba!

Por la ventana arrojo, apenas encendido, mi caruncho -y me da una enorme envidia el «golfito» que recoge la colilla.

Si no es un colmo de desgracia envidiar á un «golfo», entre un golfo y un príncipe, que Dios venga y lo vea.

Llego. El Casino.

Encuentro á Mario Durán. Lee una carta. Me la entrega.

-¿Qué es?

-Lee.

Leo. Le llama una mujer... «para un asunto urgente y que le puede importar mucho».

Mario me lo explica. O á mejor decir, me lo consulta. Es un fresco y no se anda con ambages.

«Su amante es una nenita soltera, de veinte años, rica, futura condesa, que vive con su abuela y su mamá. Para verse, y durante medio año, han tenido un confortable alojamiento en casa de esta que le escribe; pero, han querido instalarse mejor, y ayer lo despidieron».

-¿Qué crées tú que me querrá? -me dice.

-No sé. ¿Le debes algo?

-No. Al contrario. Fuí espléndido con ella. Justamente es lo que le carga, que no vuelva á serlo más. ¡Esta mujer es perversa y ambiciosa!

-¿Tu amante?

-No, hombre. La dueña de la casa que dejamos.

-¿Y por qué te llama?

-Eso te pregunto. ¿No lo sabes?... Pues, yo sí. Me ha preparado sin duda, un «chantage». Quiere, ó dinero de una vez, ó que volvamos á su casa, para seguir explotándome.

-¡Caracoles!

-¡Pshe!

La calma de Mario me asombra. Soltera la amante, y él casado, el asunto puede serle grave, transcendente.

-¿Quieres venir?

-¿Adónde?

-A pasear, en Recoletos, y á ver antes á esta aprovechadísima mujer. Me esperas en la puerta, en el coche. Yo despacho pronto.

-¿Le vas á dar dinero?

-¿Dinero?... ¡Vamos, hombre!

No pierde la calma. Tira de mí, y bajamos. Tomamos un coche del Casino.

La casa está cerca. En la calle de Santa Catalina, para el coche.

Mario me invita:

-Sube conmigo, ¡qué diablo! Verás, te vas á reir.

-Pero, yo...

-Sube.

Subimos.

-¡Oh! -ha hecho, con un gesto de diabólica alegría la gran dama que nos abre.

Pasamos al salón.

-¡Vamos! ¡Veo que ha venido usted pronto! ¡Que la cosa le interesa!

-¿A mí? -dice Mario- Está usted en un error, Amelia. Vengo... porque suponía que necesitase usted de mí uno de los mil favores... que siempre necesita. Por mí, no...; y la prueba es que me marcho. ¡Abur, Amelia!

-Hombre, no, don Mario... ¡oígame usted, qué caramba!... Lo que siento es que... venga con este señor; es para dicho á solas lo que tengo que decirle.

-Señora, da lo mismo. ¡Hable!... Este señor, es de confianza.

-No, no, vuelva otro día.

-¡No, no volveré!

Traga, saliva doña Amelia. Resígnase y empieza:

-Bien..., si el señor es de su confianza... yo le diré á usted, don Mario, que usted... y la señorita esa, han hecho mal en irse de mi casa. En otra, pueden acarreársela perjuicios... ¡que no todas las gentes son discretas!

-Á ver, á ver... ¡explíquese!

-Pues ¡nada!... ya ve usted, don Mario; que aunque no sea nada curiosa, una, acaba en fuerza de tiempo por enterarse de... las circunstancias de las gentes que la tratan; por más que, como ustedes, procuren rodearse de misterio... Así, por ejemplo, y hasta sin quererlo, yo he acabado por saber que usted es casado, que vive en la calle de Argensola, y... que la señorita que usted sabe...

-Y este también -replica Mario- ¡Nómbrela sin inconveniente! La señorita Alicia Villarreal, condesa de Villarreal, soltera, que vive con su abuela y con su madre en un hotel de la calle Monte Esquinza. ¡Este señor, lo sabe todo, es mi cuñado!

-¡Su cuñado!

-Sí. Hermano de mi mujer. Por eso le digo á usted que no ande con rodeos.

Desorienta á Amelia la «frescura», y sigue aunque un poco vacilante:

-Bien. Pues ya ve usted. Con todos estos datos, que lo mismo acabarían por saberlos en otra casa, sea cualquiera la que tomen, figúrese si una persona indiscreta que quisiese amenazar á ustedes...

-Oiga, doña Amelia -interrumpe Mario con su calma inalterable.- Usted ha perdido lastimosamente su trabajo, su investigación... «preparatoria»... En los informes acerca de nosotros, le ha faltado adquirir el principal; y es... que la señorita Alicia y yo, en Madrid, «somos los dos primeros sinvergüenzas». Si usted quiere visitarla, á ella, y contarle todo á su abuela y á su madre..., dígale que va de mi parte; lo malo está en que se reirán, porque lo saben... ¡claro! ¿cómo iba á disponer de sí misma una hija de familia sin permiso de mamá?

-¿De... mamá?

-Naturalmente, doña Amelia. «¡De mamá!»... que se entiende, por su parte, aquí con mi cuñado!... Tanto, que yo precisamente le traía porque viese el cuarto y vea si les conviene para ellos. ¡Qué sabe usted, señora, por Dios, cómo está la aristocracia!... Y si, al revés, prefiere usted mi casa, venga conmigo mismo y le presentaré en persona á mi mujer. Entre los dos la informaremos..., ¿hace?

Doña Amelia está pasmada.

-¡Vaya... don Mario!

-¿Cómo? ¿no me crée?... Pues, mire... tenga esta tarjeta...

Saca con rapidez lápiz y tarjeta; escribe: «Querida Ángeles: la dadora, doña Amelia Rivas, dueña de una «casa complaciente», te va á contar de mí y de Alicia todo aquello que yo te dije anteanoche. Para que veas que no mentí. -Siempre tuyo...» -y firma y se la entrega:

-Tenga, señora. Y además, sepa que, probablemente, desde aquí me voy á ir á buscar á la señorita Alicia, para ver los dos al jefe de la Policía, mi amigo, con la sencilla intención de decirle: «Doña Amelia Rivas, en la calle tal, número tantos, está defraudando á la Hacienda, porque no paga contribución, y tiene casa de compromisos...»

Brinca doña Amelia, en el sofá.

-¡Bah! Y... ¿cómo ni con quién probarme eso?

-¿Cómo ni con quién?... ¡Nosotros! Alicia y yo..., queridísima señora!... Pues ¡claro! la señorita Alicia, con su fuerte testimonio de condesa... Ella le diría al inspector: -«Yo, sí señor, yo, he ido á... «entrevistarme» allí con este amigo!»... Le digo, doña Amelia, que por... sinvergüenza que sea usted, nosotros, en Madrid, «somos los dos primeros sinvergüenzas»!

La entrevista dura poco más. La pobre «chantagista» está vencida... Pide por Dios. Quiere devolverle á Mario su tarjeta de descaro sin igual, que revuelve entre los dedos, y procúrase disculpas diciendo que «todo ello, no es que ella fuese á hacerlo..., sino que lo daba como aviso por temor á que lo hiciese otra cualquiera...»

Salimos, riéndonos.

-¡Oye -le digo á Mario en el portal- creo que te has dejado la tarjeta!

-¿Qué importa? -contesta.

-¿Cómo? ¿qué no importa?... Pues ¿no crees que esa mujer la pueda utilizar, no obstante tu artimaña?

-No, hijo, no, nada de artimaña. Si es que no me importa. Ni Alicia tiene que temer gran cosa de su madre, ni yo de mi mujer. Sin que sea exactamente verdad que yo le he contado á mi mujer lo de Alicia..., es evidente que se lo contaré esta noche, por si acaso.

-¿Por si acaso?

-Sí. Por si acaso esta tía le enviase algún anónimo, pensando atemorizarme así, porque al fin creyese que es broma cuanto he dicho.

-Pero... ¿no es broma? ¿Es que tú... le cuentas á tu mujer...?

-¡Todo, querido!

Subimos al coche. Mi asombro es aun mayor que el de Amelia. Yo pensaba que Mario le jugaba una audaz comedia de cinismo.

Nos dirigimos á la Castellana. Pasamos la tarde hablando de esta rarísima mujer de Mario.

Yo la conozco. Es guapa y buena. No piensa más que en querer á su marido y en cuidar de sus hijos y su casa. Cené con ellos una noche, y la vi ponderar el talento de Mario, la arrogancia de Mario, las condiciones todas de Mario, «bondadosas, tan tierno y cariñoso para ella»...

Me asombro, pues, escuchándole al marido que «ha llegado con ella á una franqueza, á una fraternidad, encantadora..., sin perder por eso, ni lo más mínimo, su cariño... su pasión»...

-Sí, sí, mi pasión... ó mi amor, si quieres tú con arreglo á tus teorías - me dice.- Claro es que yo no le cuento mis líos de por ahí, jamás, antes de tiempo..., es decir, mientras me importa conservarlos, porque me distraen, porque me dan la variedad y la «multiforme amenidad de la indecencia», y porque, sobre todo, me aumentan el contraste de la belleza insuperable y de gran pasión con mi mujer. Ella lo sabe... lo sabe... Sabe que no hay brazos que me den la delicia de sus brazos, y sabe que, por mi carácter, y por mis viejos hábitos también (puesto que como tal novio con ruidosa fama de galante se enamoró de mí), yo no podría prescindir de... «compararla» con cualquier otra mujer de cuando en cuando. Es ó fué mi habilidad, querido; haberla «acostumbrado» poco á poco. No hay una sola historia mía («historia», porque tú sabes también que soy formal en lo informal, es decir, que odio á las cocotas) que no conozca en todos sus detalles. Si la sospecha, se la cuento. Si no la sospecha, también..., pero más tarde, y con motivo del enojo suyo consiguiente á... estar sospechando otra historia. Entonces van las dos, ó las que tengamos atrasadas. Y es delicioso, Aurelio...: enfado de unas horas, llanto, quejas... cena reunidos, al fin, y noche de ansiosa y plena reconciliación, por parte de ella. ¡Qué buena es! ¡Cuánto me quiere y la quiero!...

Confieso que me ha dejado preocupadísimo este Mario.

Su «caso»... parece haber venido á demostrarme que es posible hasta así (¡tan absurdamente posible!) el matrimonio de grande intimidad. Lo que no pueden escuchar ni los amigos, de cosas de mujeres, porque unas veces se creen que nos las damos de ricos, y otras de ridículos tenorios, este Mario, como á grande amiga, se lo puede contar á su mujer. Él mismo lo ha dicho: su mesa, su despacho, están llenos de cartas y de retratos de amantes... ¡oh!...

Claro es que, con menor violencia todavía, su mujer no hubiese roto los que perteneciesen al pasado solamente.

¿Quiere esto significar que no es imposible la esposa-amiga, la grande enamorada-amante, llena de los impudores ruborosos que yo ensueño?

Hasta aquí, en el matrimonio, y, prácticamente, me parecía esto un disparate. Mario viene á darme lo que necesita toda idea: un hecho de demostración de realidad.

Mi aspiración es más sencilla, más noble.

Consiste... (¡consistirá, porque me caso!) en no ocultarle á mi mujer mis alegrías y tristezas del pasado, en hacer que me perdone, en poder hablarle de ellas, de todo, de todo..., rindiéndola el honor de confianza que harto le merece á cualquiera -¡menos su mujer, que horror!- un amigo del café..., y en, prepararla, con esta inmensa confidencia, á querer ser para siempre, para siempre y ella sola, mi purísima cocota!...

¡Todo el amor, toda la amistad, toda la voluptuosidad... toda la «lira», en su inocencia!

¡Me caso!

SEGUNDA PARTE

CAPÍTULO I

Un tren que pasa..., que deja á dos recién casados en una pequeña estación, en mitad de un campo hermoso y en el amanecer de un día primaveral, tiene algo de proyectil excelso de la dicha.

El tren se va, desaparece. Nos ha soltado. Nos deja con nuestra emoción de amor abandonados en el diáfano silencio de estos campos y esta aurora.

Proyectil. Desde Madrid nos ha lanzado en una noche á la vida bella en el reposo.

Nos aguarda el cochecillo. Doy el brazo á mi mujer... (ó mejor dicho, á mi «esposa», todavía) y subimos.

La estación está en misma dehesa; desde aquí á la casa no hay más que un kilómetro. Guía el zagal. Han cargado los baúles en dos mulas.

¡Oh, mi Inés!

Hállase un poco aturdida, preciosa. Desde la boda, al tren. Salimos anoche, á las nueve, y son las cuatro de la mañana. Este vulgar correo, sin compartimientos especiales, sin literas, ha favorecido mis proyectos. Un primera y entre gentes (¡nada de «alquilados»!). Así, por consideración... á los demás, he podido venir como un respetuoso novio junto á esta novia idealísima.

No ha dormido. Ni yo. -Ligeramente fatigada me sonríe... me habla del campo.

-¡Qué hermosa es tu finca!

-¡La «nuestra» mujer!

-¡Ah, sí!

-Todo lo tuyo y lo mío... ¡es «nuestro» ya!

-¡Sí!

-¡Toda tú eres mía, Inés! ¡Toda!

Se ruboriza. La he mirado desde los pies á la frente. Y póngome grave en seguida, porque he pensado en la crueldad social que hay en esta brusca realización del matrimonio con una novia candorosa. Es para ella el paso de toda la inocencia á toda la... sapiencia -en una hora. Yo, por suerte, he sabido respetarla..., y es mi novia, mi absolutamente inocente novia todavía. No le he dado más que un beso, en una mano.

Le hablo de nuestra feliz resolución de venir aquí. El consabido viaje de luna de miel al extranjero, á Italia, á Suiza, me parece una sandez. Trenes, fondas, gentes y pueblos nuevos, teatros y paseos, molestias y cansancios...

-¡Y á ver cosas extrañas, Inés, cuando el afán es justamente que nada nos distraiga, para... poder vernos mejor nosotros mismos!

Vuelven á tomar tonos de grana sus mejillas. Mi acento empieza á darle la... «inmensa sensación de soledad en nosotros mismos».

Para el coche. Hemos llegado. Nos reciben las criadas, los pastores, en la verja del jardín. Inés admira á todos. Contesta con grande timidez á los saludos, como una señorita que no supiese por qué se encuentra sola con su novio..., sin su madre, tan lejos de su madre. ¡Y en mitad de un campo nada menos!

Pero su emoción acrece cuando la ofrezco el brazo y la hago subir por la escalera. Nadie nos sigue. Esto de entrar sola en las profundidades solitarias de una casa... con «el novio», debe parecerla absolutamente irregular. Sin duda ella, por un concepto seco de deber, tiene que ir calmando sus terrores deliciosos de éste modo: «¡No, no es mi novio Aurelio... es mi marido!»...

Pláceme el matiz de «perversidad» que así pueda ir poniendo la inocencia en esta alma de inocencia.

Pláceme más el aumentarle semejante turbación.

-¡Qué lejos tus padres!... ¡qué lejos Madrid, mi Inés!... ¡Solos!

Suspira y siéntola temblar.

No sabe ella en qué grado colosal la esperan las sorpresas.

Hemos llegado á un tocador.

-¡El tuyo! -le digo.- ¿Quiéres quitarte el sombrero?

Vacila, porque es el primer tremendo acto de la infinita confianza, aun este tan sencillo, y la ayudo, sacándole por mí mismo un agujón. Lanza un gemido. El pudor de Inés está incluso en el extremo de esta rosa de acero y pedrería.

-¡Oh... «toda» mía! -exclamé, dejándola despojarse del sombrero por sí propia.

Y añado:

-¡Quítate, mujer..., quítate el abrigo!

Torna á bajar los ojos, en el fuego de su cara, y yo tiendo suavemente una mano y despréndola un botón... del cuello.

En el botón están también, y más vivos, sus rubores, que se le tienden por la faz en ardiente rojo de amapolas; hanse apresurado sus manos á la obra, temiendo á las irreverencias de la mía. La dejo... y la invito, cuando suelta en una silla el guardapolvo:

-¡Verás la casa!

Empezamos desde el mismo tocador. Alzo un cortinaje y pasamos.

-¡«Mi» alcoba! -le anuncio.

Hay un armario, butacas, dos mesitas, otro lavabo y la cama, grande como para dos. Todo imperio, pero «demoniesco»... porque á mí me gusta rectificar estilos según mi santa voluntad. Del techo pende mi caprichosísimo farol de forma medio labiada de dragón de orquídea y con los cristales gruesos y de un fuerte rojo granate. La alfombra, las cortinas, el dosel y las sedas de la colcha son de un rojo obscuro de sangre. El damasco que tapiza las paredes es rojo. Da una impresión extraña todo esto, y tiembla Inés, y me mira. Tiembla en su boca una frase; no la dice, y la adivino. Ella quería sin duda haberme hecho notar: -¡«Tú»... alcoba?... ¡Será... la «nuestra»!...

Cruzamos. La dejo creer que el «mi», que el poco amable é individual posesivo, haya salido de mis labios por una inercia de costumbre. El gabinete-comedor, adonde entramos, es también de aspecto raro, chocante, teatral..., ó al menos, estrambótico como el de un camarín de restorán ultragalante. Está en una rotonda, y es rojo-demonio desde el suelo hasta el farol... -otro farol rojo-ascua que cuelga sobre el rojo tapete de la mesa. Abundan los divanes rojos (tres) y las rojas colgaduras desprendidas hacia ellos, desde el techo, formando nidos ó rincones de tienda de campaña...

A la inocencia de mi mujer le espanta un poco tanto rojo, como el interior de no sabría qué matadero... Compadézcome de ella, y la vuelvo por el mismo camino al tocador, que es celeste. Alzo un estor y pasamos á una estancia blanca.

-¡Tu alcoba!

-¡Ah! -dice como en un grito que yo no puedo discernir si es... por nuestra separación de dormitorios, á la moda, ó por el descanso que le da lo blanco entre las sedas á la estancia. El lecho es también grande..., para dos.

Sigo llevándola del brazo. Otra puerta nos conduce al coro, en la Capilla. Hay un «melodiums». Hay reclinatorios. Se pone en uno de hinojos, y reza. Luego, tras cinco ó seis largos minutos de oración, contenta ya, como amparada por la Virgen, háceme explicarla que fueron mis padres quienes, al construir esta casa en la dehesa, hicieron esta capilla con honores de iglesia para todos los campesinos del contorno. Aparte esta última entrada que acabamos de cruzar, tiene su atrio y su puerta destinada á todo el mundo.

-¡Oh, muy bien! ¿Hay misa los domingos?

-La... había en tiempos de mi madre. Si quieres, volveremos á avisar al capellán de Zarzaleja.

-¡Sí, sí!

Salimos. Acabo de enseñarle la casa, que no tiene más de singular. Inés comprende que mis frecuentes viajes á la finca, en los tres ó cuatro meses que ha durado la preparación de nuestra boda, habrán tenido por objeto el arreglo de aquel departamento. En lo demás, nada... nada nuevo... Muebles cómodos, pero ya un poco averiados, de cuando mi familia pasaba aquí las primaveras.

He dado el aviso, y cuando volvemos al amplio comedor de abajo, está servido el desayuno.

Lo tomamos, y llevo á Inés á descansar. La noche, el tren, la carbonilla... nos han rendido un poco, ciertamente.

-¡Quedas en tu dominio, con toda libertad! -le digo- ¡Acuéstate y duerme! Y mira, si luego al despertar quieres refrescarte, allí tienes la ducha. Ese timbre hará que suba una doncella. Yo voy á descansar también... lejos de ti, abajo, al cuarto de mi madre... para que duermas más tranquila.

Cierro... y juraría que déjola pasmada.

Pero es mi Inés de sobra inteligente, para que deje de entender que un hombre enamorado no pueda renunciar á esta brutalidad tan general de lanzarse un marido sobre su mujer como sobre una presa, en el primer momento de ocasión.

Por mí, puedo afirmar, que no siento en ello la menor violencia..., á pesar, ó acaso por lo mismo, de saber que me aguarda un cielo inmenso y nuevo de venturas.

Bajo.

Entro en el cuarto de mi madre.

Me desnudo y me acuesto.

Al paso le he dicho á Paquita que suba á ponerse á disposición de la señora.

CAPÍTULO II

Espero en la mesa. Tiene flores y alegría -una alegría arcaicamente «honrada»- este viejo comedor. He dormido. Me he refrescado en el «tub» perfectamente. Llega mi Inés, y me levanto á recibirla. La conduzco por el brazo á su sillón, y addo descansar y presentárseme ahora con un travierto sus perfumes. Empiezan á servirnos.

Inés se alegra, sin duda, de que yo la haya dejaje coquetón, que no es el del viaje. Empieza «nuestra vida». Hágola notar que no hemos sido novios, realmente. Su madre no nos ha dejado hablar jamás por la ventana, ni siquiera formalizar una charla en un rincón. Nos falta confianza... para la «inmensa confianza» (¡se ruboriza!); nos habría faltado sin este viaje de fraternal intimidad..., sin esta cordialidad que desde el amanecer de hoy tenemos ambos en la casa...

-Novios... verdaderamente novios, Inés, ¡habremos de serlo esta tarde!

-¡Oh!

-Sí, novios. Saldremos á pasear por ahí, al río, á la montaña, adonde queramos..., ¡y tendremos que decirnos muchas cosas!

-¡Oh!

Sonríe.

-Todas las que no nos hemos dicho en tántos años... ¡y en una tarde!

A las tres hemos acabado de comer. Nos han estorbado un poco, para hablar con libertad, las criadas. Pero he ganado con mi Inés alguna confianza. Le bajan una pamela, de paja de Italia y de flores, y yo mismo se la pongo y le enlazo las bridas á la barba. No se asusta.

¡Bravo!

Salimos.

Por un rato, absórbela el paisaje. El sol es dulce. En las encinas se arrullan las tórtolas. A nuestro paso, vuelan, huyen. Inés mira de rato en rato hacia atrás. Diríase que siente de un modo raro el abandono..., que siente alejarse tanto de la gente de la casa.

Dígola de pronto:

-¿Me das un beso?

-¡Ah!

Me oprime el brazo, inclina la cabeza al ramo de amapolas (que hemos venido recogiendo), y no dice que sí. No hago, pues, nada por darle el beso..., por tomarle el beso.

-¿Me quieres?

-¡Oh, sí!

A esto le es más fácil contestar. Es lo de siempre -lo único que yo he podido preguntarle y oírla responderme tantas veces á la vista de su madre.

-¿Mucho? ¿Con toda tu alma?

-¡Sí!

-¿Y... con toda tu vida?

-¡Con la vida y con el alma!

-Es decir, con tu alma y con tu carne... ¡con toda tu carne, con todo tu cuerpo también, mi Inés!

-Sí -accede tenuemente, bien cobardemente.

La he azorado. Es la emoción que voy buscando en ella, y continúo:

-¡Pobres ojos míos, que quieren tanto á tu cuerpo también, y que no conocen más que tu cara y tus manos! Y dime, Inés, ¿qué te gusta más á tí... de toda tú?

No me entiende; ó dicho mejor, se paraliza en su pudor su sorpresa de entenderme, su sorpresa de oirle cosa tal, por vez primera, al «novio cortesísimo», y me complazco en insistir:

-¡Sí, de «toda tú»! ¡de mi tesoro! ¡de las gracias y hechizos de tu cuerpo, que amo tanto y desde hace tanto tiempo, sin haberlas visto aún! ¡Qué pena! Sabe más de ellas, mi Inés... ¡oh, sí, sí, qué rabia! hasta esa criada nueva, que conoces de una hora, y que acaba de servirte en la ducha... Mi curiosidad y mi impaciencia hubiesen querido preguntarla «cómo eres»...; hubiesen podido preguntarla, si eres, tú, mi estatua, la que yo no ví jamás, tal como mis sueños y mis ansias te han adivinado. ¡Oh, Inés! ¡Tu cuerpo de virgen ha sido en verdad desnudado tantas veces por mis ojos!... Te sé. En la cara tiene toda mujer, y tienes tú más que ninguna (porque eres la armonía) la clave de todos tus más íntimos encantos. ¿Quieres que te describa?... ¡Verás! ¡y tú dirás si me equivoco!

No contesta. Está entera estremecida. De roja se ha cambiado á pálida su faz. Sé que le estará sonando á enormidad todo esto que me escucha... pero es el principio de mi plan, bien meditado. Harto me doy cuenta de que la hablo demás (á pesar de mi dulce acento y mi sonrisa) al pensamiento y al espanto. Es lo que deseo. La estrecho el brazo contra el mío, le alzo con la otra mano y le beso la muñeca, y sigo forzando sus pudores y sorpresas con estas osadías que apenas enmascaran de suavemente galancescas los rendidos tonos de mi acento:

-Por tus muñecas, Inés, y por esta morbidez que siento de tu brazo, sé como tendrás de finos los tobillos, de esbeltamente suaves y poderosos la pierna, el hombro, el talle... ¡tú eres muy hermosa!... armónica y dulce, absoluta y castamente voluptuosa y femenina como una Venus de Médecis, no rubenesca y lanzada en alternadas delgadeces y opulencias por demás... como el tipo de mujer francesa más sabido... ¡Oh, no, verdad?..., ¡tu desnudo es plácido y sereno! ¿te voy adivinando?... Por tus mejillas, que son firmes y redondas, sé que tus senos se alzan altivos y mimosos en su valle de la gloria. Por tu falta de bozo en los labios, por el limpio arranque de tu pelo en las sienes y en la frente -(apresuro porque es el instante de herirla con la mayor «enormidad») -sé que el vello en tus axilas, nidos de amor, no será sino una leve sombra de oro, más obscuro que el cabello, que es oro de luz... y sé que no será más que algo como un musgo leve de gracia de la vida el vello en tu regazo. Por tus labios...

-¡Aurelio! -gime espantada, y soltándose, Inés.

Me huye. Ha dado un paso, al lado mío, y queda volviéndome la espalda y sumida en sus asombros. En su indignación..., en su indignación, quizás, de agraviada... «señorita», de «novia y esposa casta, dolida en su pudor»... La dejo un instante abandonada en esta sensación, que es exactamente la que he querido producirla, y al fin me acerco, le enlazo la cintura y hágola seguir nuestro paseo.

No puede menos de admirarla la irrespetuosidad de mis palabras, en contraste con el tacto delicado de mis manos, y se deja conducir..., por la arena, orilla adelante del río -al que acabamos de llegar por entre adelfas.

Vamos en silencio. Yo ratifico mis meditaciones de otros días: «Tengo suerte con haber podido hallar, en una mujer tan bella, un espíritu tan cándido, puesto que sólo así podré moldear mi ideal, á mi albedrío, sobre un humano fundamento de inocencia»... Y mi intento es «rápido» porque no quiero renunciar (¡en modo alguno!) al plan, al embeleso -cuya ocasión no volvería en la vida á presentarse-, de despertar en mitad de todos los intactos candores de la virgen misma á la plena mujer inteligente.

-Inés -deslizo, ya más tierno y como en besos á su oído- ¡dime! ¿por qué te... alarman y violentan mis palabras?... ¡qué tontería! ¡piénsalo! ¡tú eres «mi mujer»!... ¿Es que á una esposa, á mi mujer, yo no le debo ni puedo decir... lo que tiene el nimbo de verdad, puesto que está en mi pensamiento? ¿Es que yo no debo ser sincero contigo... hasta en estas pequeñas cosas deliciosas de que he podido hablarle tántas veces á amigos del café, y lo mismo á mis amantes?... (-Apoyo en pausa. Déjola tragar este nuevo «descaro» de «mis amantes», y continúo, anunciándola de noble modo mi ambición)-: Oye, mi Inés, al casarme contigo, me ha guiado el propósito de resumir en tí mi vida y mi universo; es decir, que quiero que seas, en mi esposa de ternura, mi grande amiga digna de todas las sinceridades de mi alma, ¡mi grande amante también!

Suspira Inés, y yo la obligo al pacto con un beso..., con un gran beso, de amante, entre los labios, hasta los dientes mismos... porque he sorprendido entreabierta su boca. Cuando me parece que ha bebido bien de este elixir de «beso malo», nuevo para ella, vuelvo á mi impiedad:

-¡Bah, mi... «novia»!... ¿Te asustan mis franquezas?... Pienso en las desnudeces seductoras de tu cuerpo, y te hablo de ellas... ¡ya ves tú!... ¿Es que tú no sabes bien que mañana, que dentro de un mes, de dos... cuando te vistas ante mí, en tu tocador, cuando vayas á acostarte, junto á mí... no pondrás un gran reparo en ocultarte de mis ojos?... Luego es el «pudor» el que te alarma... un pudor tan tonto, que ya no existiría mañana, ó dentro de un mes, de dos meses...

Torna Inés á suspirar.

Empieza á entrever en mi conducta, más que torpeza ó cinismo, un complejo plan que también empieza á preocuparla de otro modo.

Se da cuenta de que está hablando con el «tratadista subversivo», y me rinde su atención. Su sorpresa, pues, por el pronto, varía de rumbos; se concentra ahora en este inesperado, totalmente inesperado para ella, de que el escritor y el hombre aspiren tal vez á ser «la misma cosa» en sus libros y en su vida. Aunque no ha leído mi libro, le basta con saber el título.

Todo esto ennoblece un poco la situación, al menos. La «cerebraliza» por parte de Inés también, podría decirse. Por la mía, encuentro deliciosamente raro un tal coloquio... de «luna de miel...»

-«¡Ese está loco! -afirmarían mis amigos del Casino si pudieran escucharme.

-Inés -insisto, tratando de dulcificar, de «enamorar» la rigidez de las ideas con las mieles de mi acento-, el «pudor» me parece un error educativo de tal naturaleza, que no dudo en sostener que él sea el que os llena de absurdo y contradicción á las mujeres. Si me lo perdonas, aún aumentaré que creo que él sea el que os llena, con respecto de los hombres, de debilidad, de falsedad y de hipocresía. Fíjate: el pudor no es la honradez, puesto que todas las que honrosa ó deshonrosamente os entregáis la vez primera, os entregáis del mismo modo, «pudoroso»...; el pudor no es tampoco la inocencia, sino todo lo contrario..., puesto que es, precisamente, la conciencia de saber lo «no inocente»... La inocencia, en efecto, ha de estar hecha del candor de la ignorancia; y como digo yo en mi libro (que ya verás cuando lo leas, -pues lo leerás, sin duda alguna), «el colmo de la inocencia tendrá que ser, por consiguiente, la ignorancia completa y absoluta; por eso estas tórtolas que oyes arrullarse en las encinas, no tienen pudor, y van «desnudas» y se aman bajo el cielo, por que tienen el «candor de la inocencia»; y por eso no podría tenerlo la mujer plenamente pura de alma é inocente, como no lo tendrías tú cuando fuiste niña de seis años. Ahora, en cambio, «sabes», no «eres inocente»... y aquí, conmigo, tu «pudor» me lo pregona. Luego el «pudor», ¡mira qué verdad de atrocidad! es lo contrario del «candor». Luego el «pudor», que no es el «deber» ni la «virtud», ya que más le favorece y «poetiza» que le impide á la mujer falsa su caída, no es ni siquiera el «rubor», el adorable rubor de la esposa que se entrega dignamente. ¡Yo te quiero, Inés, no «pudorosa»... sino «ruborosa, candorosa».

Noto que le ha hecho efecto el argumento, á mi virgen, á mi Inés, á mi bella enamorada... á mi «cristiana» de alma ingenua que es, en alma, más de su confesor que de mi alma.

El padre Garcés ha debido venir á instalarse volando, en la suya, con todo su gesto adusto y sus sermones. Me afloja un poco el brazo, y me replica:

-¡Aurelio...! ¿estás tú bien seguro de todo eso que me dices?

Yo, sonrío.

En un segundo, juntas, cruzándose nuestras miradas, he visto en los claros ojos de mi Inés, como una luz tras la niebla de pasión que los envuelve, su dura fe de intransigencia... He visto al padre Garcés, «racionalista» y polemista, catequista..., ¡en la catequizada!

Inés y su madre son de esas mujeres que, en otros tiempos, hubiesen podido ir á darle su vida mártir, por su Dios, á las fieras de los circos.

Afortunadamente, lejos de su madre, lejos del padre Garcés -y aun favorecida por el espíritu el bravo jesuíta- la tengo junto á mí, por otra fe más grande: la del Amor.

Y yo sonrío, sonrío.

La tarde se me presenta bien, cual la quería: de discusión.

En esta primera escaramuza, yo he ganado lo bastante con preparar á mi mujer á discutir con... su «hereje» amado.

Vuelvo á besarla, en los ciegos ojos de su fe, en la dulce boca de mi fe; estrecho más su brazo contra el mío, y me dispongo, siempre paseando entre las flores, entre las rojas flores de este un poco helénico adelfal, á decirle á besos y á palabras nuevos «argumentos»...

CAPÍTULO III

Mi mujer es mía -en espíritu, en emoción, en... cuanto falta que lo sea... Vencida. Esta tarde vió ponerse el sol muerta de mi alma entre mis besos. Un alma... en que ya también la suya de cristiana alentaba sensual. Hablábamos del cielo y del sol, á besos. Luego, al tornar hacia la casa, seguimos hablando á besos de la luna y las estrellas. Y ella no sabía que así su alma de cristiana adoraba, en besos de mis labios, á Dios, al Universo.

Pero es llegada la hora de que el Universo y Dios se recojan, para las adoraciones todas de su vida y de mi vida, en nosotros mismos. Estamos en el rojo gabinete-comedor, y las seis cortas bujías de los candelabros se agotan; dos, han quemado ya sus arandelas. Calculé, pues, perfectamente. En un banquete nupcial, donde se habla y se sueña y se divaga y se sonríe más que se come, bien puede tardarse en llegar á los postres hora y media. Justamente la duración de estas bujías.

Todo previsto. El té final está en el samovar de níquel, para cuando quiera yo prender su lámpara. Trae Paquita el último pastel que ha hecho la excelente cocinera; trae el «biscuit-glacé», los dulces, el roquefort y los cakis y los dátiles y las piñas y naranjas (todo en una enorme bandeja)... y la mando traer también las botellas y las copas del champaña, de chartrés, del benedictino.

-Puedes acostarte -le digo á la muchacha- no necesitamos nada más.

Paca me comprende. Mira á «la señora», que está despelujada, ligeramente despeinada por mis besos, que está ligeramente alegre por los vinos de diez clases que le he dado á probar en el transcurso de la cena..., y sale sonriendo.

Inés la oye alejarse, y la oye perderse en la escalera. Yo, luego, me levanto, salgo, cierro en la escalera el portón (lo cual vale por aislar del piso bajo este piso alto, en absoluto), y al tornar le digo á Inés:

-¡Nuestra inmensa soledad... al fin!

Se lo he dicho con un gran beso en la garganta.

En seguida, porque se quema otra arandela, apago todas las bujías. Queda el farol, sobre nosotros... el farol que tiene dentro una candileja de aceite de oliva, mortecina, pero para durar toda la noche, y que por su gruesa cristalería biselada y ochavada, de color de sangre, nos derrama su fulgor de ascua, su fulgor de hierro enrojecido. Por la puerta de «mi» cuarto, abierta, percíbese también, del otro farol de orquídea, el rojo resplandor...

Al principio, la falta de la viva y blanca luz de las bujías, nos hace el mismo efecto que una real obscuridad en que no nos viésemos mi Inés y yo más que como sombras, más que como espectros indecisos... Pero mientras yo descorcho una botella «cordon roux», y mientras lleno dos copas, se acomodan nuestros ojos, y la luz de sangre, de fragua, de misterio..., nos deja vernos por demás entre el misterio.

-¡Bebe! -le ofrezco, vertiéndole á Inés, queriendo ó sin querer, la espuma del champaña.

-¡Oh! -grita riendo, inclinándose adelante y sacudiéndose los mojados tules de su pecho.

-¡Oh! -grito yo, que la socorro, mientras bebe.

Y á «mi socorro» deja de beber. He tenido antes buen cuidado de fijarme en los cierres y abrochados de su blusa, y he podido, pues, ahora, experto, desenlazarla enteramente el peto desprendiéndola un bandó... un broche del talle.

¡Ah, mi Inés!... va á soltar la copa, á un espasmo ó protesta de rubor (no del «pudor» -está en principio convenido), y acaba de medio derramársela en la falda.

-Soy... ¡la madrina! -le sonrío.

Ella se tapa con una mano íntimos encajes y oculta los rubores de su faz sobre mi frente.

-Soy... tu «madrina» -insisto- ¡Ya ves!... en esta fiesta nuestra de boda... aquí tan solos, no hay otras manos que las mías que te desnuden... A menos que quieras desnudarte por tí misma. ¿No es igual?

Calla, cede, y como una brisa, todo dulcemente, sin que ella levante ahora de mi hombro los rubores de su faz, me doy maña á sacarle las dos mangas y la blusa. Le desajunto la falda en la cintura... y queda así.

-¡Álzate! ¡Quítatela! -la invito, dejándola un beso en la espalda, en el escote.

Y como me he apartado de ella, sin «querer mirarla» aún, y ella siente el aire por los hombros, primero se cruza al pecho las manos, y... después, sofocadísima, resuelta, convenciéndose sin duda de que yo tengo razón, de que tendrá que despojarse... acepta como una «salvación hipnótica» la nueva panda copa que la ofrezco. Bebo, y bebe... con avidez, toda la copa, ansiosa de este cloroformo del... «pudor», que yo detesto -ansiosa de esta inconsciencia ante lo que es inevitable.

-¡Por tus labios! -he brindado yo.

La alzo de una mano, y cae la falda.

Cojo la falda y la llevo á una butaca. Me quito tranquila y confiadamente la chaqueta y el chaleco, mojados del vino también, y quedo con mi camisa de seda, de dormir, como un tirador de armas.

Me siento junto á Inés y brindo mi otra media copa:

-¡Por tus senos!

-¡Ah! -gime mi mujer en dolor de carcajada.

Se lanza á mí y me abraza... para ocultármelos. Ha podido ver que yo he podido ver que son divinos.

Sino que la desprendo con dulzura, advirtiéndola -de paso que la sirvo un trozo de «biscuit»:

-¡Come, Inés! ¡Come!... ¡Nos falta de la cena todo eso!... Tu «madrina», por lo pronto, no ha querido aún sino ampararte en el bautismo del champaña.

Aplícome á comer bizcocho, y ella me imita. A la vez que trata de alzarse sobre el seno los encajes del escote, trata de ocultarme en ellos la pálida y húmeda mancha del champaña... que ha calado. Teme que se los quite. Tras un terror, le queda siempre otro terror que la hace en cada uno conformarse.

Mi Inés, mi novia, mi mujer... está en bajo falda de rizadas sedas oro, y en corsé... ¡igual que una cocota!... Está, además, medio ebria de vinos y de amor.

¡Oh, delicia de mi ensueño realizado en una virgen!

Es decir, de mi ensueño que va poco á poco realizándose, que irá todo realizándose en esta noche de la gloria.

Le doy bizcocho y fresa helada, en mi áurea cucharilla. Para dárselo he apoyado mi mano y mi brazo en su brazo desnudo. Le doy champaña, y se lo quito en seguida, con mi boca, de su boca. ¡Son tremendos, para mí y para la virgen, estos besos de labios y de dientes y de fresas y champaña!... Ella se marea. ¿De qué?... No; del vino, no; he comido en su casa algunas veces, con su madre y con su padre, y me consta que de su mesa suculenta, donde abundan los licores, á los tres, con el honrado placer de la comida, les gusta levantarse un «poco ingleses»... -Yo he calculado y sigo calculando bien las dosis de alcohólico valor con que debo ir «matándola pudores». Está... «doble inglesa» que en su casa, y nada más.

-Mira, fíjate -le digo por sacarla del mareo de amor-, en el efecto que esta luz de lumbre hace por tu carne.

Mira á su brazo, donde beso. Ríe al cosquillear de mi bigote, y quiere en «resuelta desesperación» enlazarme por el cuello. Yo lo evito, riéndome á mi vez. Ella se resigna en mimado enojo que la obliga á tirar su cucharilla contra el plato, quedándose muy seria. Erguida contra el respaldo de su asiento, ya no le importa que sus pechos puedan verse.

Sigo comiendo. He tomado de su frutero una naranja.

-Tú, mi Inés -deslizo- eres una naranja también, un dulce de los cielos, infinito y exquisito, que yo no quiero comerme de un bocado. ¡En el amor, el «saborear» es todo un arte!

En otro impaciente y mimoso ademán, coge champaña, bebe champaña. ¡Pobre! ¿Qué sed de vida loca quiere apagar con esa copa!...

La abrazo, según ella está bebiendo... le robo otra vez champaña de la boca, la afirmo á mí... para que no pueda defenderse... y... ¡lanza un grito! ¡y otro grito!... porque acabo de ponerla en las fresas rosa de ambos senos el champaña de mis labios.

La ha levantado toda entera la emoción.

Pero como yo la tengo por el talle, cae abrumada á plomo en mis rodillas.

Quiere calmar en el fuego de mi frente el fuego de su frente.

Por no mancharme, por no caerla, tiene la copa en alto.

Es mi virgen-horizontal perversa y candorosa...

¡Oh, mi mujer! ¡Oh, nuestra boda!... La escena sería digna del Moulín Roux, si no fuese humana y hermosamente digna de los cielos de la Tierra.

Como veo el vello de su axila, musgo de oro obscuro bien discreto y bien suave, según lo imaginé..., pongo en su axila mis húmedos labios de champaña...

Y el que aun tiene ella en su copa, se derrama entre los dos...

CAPÍTULO IV

Mi mujer sigue en la espantosa lucha nueva de mi alma con su alma.

Sus sueños, sus descansos, su despertar cada mañana en su blanco dormitorio, diríase que le dan, que vuelven implacablemente á darle cada día el recuerdo demoniesco de estos otros cuartos rojos.

Las noches son para un pagano mundo delicioso del alma de su carne.

Las mañanas... sí, sí; ¡siempre! para un horrorizado despertar de la cristiana.

Lo noto. Al ir á encontrarla allá á las once en su celeste tocador, la asusto un poco, la impresiono como un diablo..., como un diablo á quien se ha entregado toda loca, diabla divina cada noche ella también, por unas horas.

Es cierto. Es indudable. Cada mañana, recogida en sí, á ella le pesa lo que ha hecho por la noche. Mi entrada en su tocador la sorprende como una seductora maldición. Me acepta, me besa..., pero resignada y casi triste y dolorosa.

Mi tarea, durante el día, aunque cada vez más fácil -por la gran persuasión que sus nervios mismos le prestan á mis besos- consiste en... reconquistarla para mí.

Al comer me habla siempre del padre Garcés y de su madre. No se atreve á llamar «pecado, gran pecado mortal» á lo que hacemos, pero lo piensa.

Y... paseamos por las tardes, cogemos flores ó nos embarcamos en el río, y logro volverle á darla, en ella, en mí, la sensación de «otro Universo». Así, cuando llegan las noches y cenamos en el rojo comedor... es toda mía... ¡de su demonio!

Son cinco días los que aquí llevamos.

En las grandes venturas enormes, como en los grandes infortunios, se pierde la noción del tiempo. Pero... ¡sí!... los cuento: hoy es domingo, y llegamos el miércoles: ¡cinco días!

Acaba de despertarme en la cama roja el ruido de mi mujer, que está lavándose la cara en el tocador azul. Nos separan... una puerta, una cortina. La puerta, cuando llevo á Inés á «sus estancias», la cierro por mí mismo.

Es que me place dejarla en su abandono, en su «vuelta á su alma de cristiana», prolongándose esta lucha de delicia en que habré de ser por siempre el triunfador. A Madrid no volveremos hasta que yo no sepa que mi mujer es mía por todos los rincones y las horas de su alma.

Me levanto.

Para vestirme voy recogiendo mis ropas del desorden de estas dos estancias «demoniescas».

De cada noche queda todo confundido. Unas veces nos desnudan las auras, y otras el vendaval.

He aquí mi americana, en el diván turco... sobre el corsé de mi mujer. Un zapato allí, también, de la hechicera, al lado del piano.

Cada cosa me recuerda un momento inolvidable. Anteanoche me hizo oir á Wagner, y á Juan Bach, en pantalón. Un pantalón que nada tuviese que envidiar al de la bella pecadora más cuidada de detalles... ¡Oh, sí, como se parece una mujer a otra mujer (si ambas son muy bellas y se las sabe buscar el parecido), y, sobre todo, una elegante señorita á una cocota!

Esto ya lo dijo Dumas, mejor dicho.

Y es porque la «toilette» de la «cocotteríe», no es sino el recuerdo de la que, perfecta, sólo puede tener la rica, la gran dama. En sedas, en encajes, en joyas, en perfumes.

¿No es, pues, una lástima, para los demás..., que teniendo en la gran dama, en su mujer, la seducción de la «cocotte»... la vayan solamente á buscar en la «cocotte»?

Para los demás..., no para mí.

Yo, de mi mujer, estoy haciendo... mi querida; lo cual no evitará que llegue á ser la noble madre de mis hijos, igual que la de Mario. Trasanteanoche también, ya medio desnuda, la cubrí con todos sus perfumes y sus joyas. En las joyas, besos, y se las puse con mis manos. Los perfumes se los puse con mi boca. La voy perfeccionando, en esto de matices de perfumes: para el cabello, Ilán, que huele á Oriente; para la frente y los ojos, pensamiento, que efluvia «psiquis»; para la boca, astris, que sabe á cielo; para la garganta y el pecho, stania, que sabe á miel; para...

Se me dirá que, aparte la vieja moral (porque, como se ve, yo tengo «una nueva» que le resume al marido «la esposa y... las amantes» dentro de su casa -al revés que á tantos hombres honorables de la vieja moral, mi suegro por ejemplo), es expuesto lo que hago. Yo responderé que... todo lo contrario. Mi mujer... mi honradísima mujer, así, irá adquiriendo un sentimiento de fidelidad (nuevo también)... que habrá de estar perennemente por encima de toda tentación, de toda oportunidad, de toda curiosidad... ¿A qué pensar en «amantes», si los tiene en mí completo?... Eso... ¡allá las castas y respetadas esposas pudorosas que, en las amantes del marido (sus amigas casi siempre), descubren... que no está el «amor» en el tálamo nupcial!... Éstas, entonces, ¡sí!... pueden sentir las perversas curiosidades peligrosas. Y con razón. Porque yo definiría la «virtud» de esta manera: «fidelidad hacia un amor». Y esculpiría, además, en el vicariato general esta sentencia: «Ten á tu mujer enamorada y ríete de seductores».

He aquí el otro zapato de Inés, junto al espejo.

¡Oh, anoche!

Este espejo me hace recordar cómo voy venciendo á la cristiana en mi batalla.

Sí, sí, le tengo jurada guerra, en mi mujer, á la «cristiana», sobre todo. O si he de expresarlo mejor, á la «beata», á la «fanática creyente». ¿Por qué?... ¡Bah, porque la otra doña «Inés de Ulloa», de aquel estúpido «Don Juan», era «cristiana»! ¡porque han sido y son «cristianas» casi todas las que... «caen de mal modo en escenas del sofá»! ¡porque es, en fin, terrible, y para un marido sobre todo, eso de que sepa su santísima mujer que Dios... puede «perdonarla» con un solo segundo de «pésame Señor»! -No. Por mi parte, quiero que sepa mi mujer que yo tendría que ser, y no el del cielo, el «Señor» que primero tendría que perdonarla!

En este espejo...

¡Oh, sí, este espejo quedará siempre en mis recuerdos, como «reliquia confidente» de mi triunfo!

¡Inés! ¡Soberbia estatua!... Hecho girones su «pudor»..., aun ella se aferraba á retener sobre la desnudez de su beldad estos girones. De sus hechizos, aún su voluntad cobarde no habíase atrevido á mostrarse al entero resplandor..., si no los velaba algún cendal. Y anoche, ya ebria de mis besos con champaña, fué mi antojo verla... verla en la ostentación brava de sí propia, sin una joya, sin una cinta siquiera por toda su carne inmortal... Era en la mesa, y resistíase. Estaba ya... «en cocota», en corsé y en pantalón, mi purísima cocota. Yo pretendía cambiar á mi cocota (¡oh, multiforme!) en divina diosa griega, olímpica, que en la gran bandeja de plata sirviese el té, trayéndolo desde el samovar, sin una joya, sin una cinta siquiera por su cuerpo... Rebeldes sus rubores. Tenaz mi empeño. Desde este gabinete la conduje al dormitorio, y me quedé esperando, porque, además, para darme sin gradaciones la impresión de maravilla, Inés debía acabar de despojarse por sí propia. Pero, de pronto, ya desnuda y más cobarde, sin verla yo, me propuso la transacción entre mi afán y sus pudores: -«¡Me vas á mirar, y nada más, por el espejo.» -gritó.- Y llegó á esta puerta, se envolvió en las sedas carmesí del cortinaje, las descorrió, se desenvolvió en seguida de las sedas sin soltarlas, y... -«¡Mira!»... visión de gloria. Mujer excelsa. Niña gentil. La gran luna de ese armario la copiaba... nieve de armonía de rosa en flor de humanidad. Fué un solo segundo. Me vió también por el espejo ir hacia ella, y corrió, y ya no la pude mirar más que entre las sábanas del lecho, fugitiva y amparada, esperándome cruel para no soltarme más del triunfo poderoso de sus brazos...

Estoy vestido. Cruzo el rojo dormitorio y abro el celeste tocador.

Aquí, en el tocador color de cielo, todo es alba... de otro día, y todo es orden.

No está ella.

Paso á la alcoba blanca.

No está ella.

Pero en el fondo veo entreabierta la puerta de la alta tribuna de la ermita, y ocúrreseme mirar.

Inés, humillada en un reclinatorio, parece sumida en oración. Se encuentra de rodillas y con los brazos encima del alto respaldar y la cara contra ellos.

Avanzo por la estera. Inés, de tan absorta, no me nota. Me inclino y le doy un beso en la oreja.

¡Oh! -gime, irguiéndose de pronto.

Me mira, y su actitud es de rechazo. Yo no sé..., ó sé de más, qué éxtasis inmenso de pesar he turbado por su alma. Nunca la he causado una impresión tan grande de extrañeza, con mi beso profano ante un altar.

Pero yo quiero fundir en una sola fe infinita ésta de Dios y de mi amor, y rodeo sus hombros con mi brazo.

-¡Reza ante la Virgen! -le digo.- ¡Yo... ante ti!

Y vuelvo á darle un beso santo entre los labios.

-¡Aurelio! -clama ella en una guturación aterrada y sofocada.

-De ti -insisto yo-, á la Virgen pura yo le ofrezco ahora, esposa mía, toda aquella adoración que rendí anoche por la bella gracia de tu cuerpo, que hizo Dios.

Cierra los ojos, pálida. Tiembla. Y yo termino:

-¡Querría que en mi oración y en tu oración, ante la Virgen, estuvieses tú desnuda, como anoche!

Eléctrica, de un sólo impulso, Inés se arranca de mí violentamente. Se ha puesto de pie, ha dado algunos pasos, y queda torva y volviéndome la espalda en la sombra de un rincón. La amplitud de mi grande profesión de fe, le ha sonado á horrendo sacrilegio.

Voy á acercarme, y me detiene con el brazo.

-¡No, por favor!

Está espantada. Sale de la tribuna.

La sigo. En su marcha vacilante, va hasta el lecho y cae en él inertemente. Se cubre la cara con las manos.

Quiero hablarla.

No me escucha, y llora.

-¡Vete! -me pide, al fin, como á un maldito, en su horror desfallecido de maldita.

Yo, aunque no me pesa, comprendo que he ido un poco de prisa esta mañana en la «reconquistación» de mi mujer. No me importa. No es largo el tiempo que hemos de estar aquí, solos, libre ella del influjo del Padre Garcés y de su madre, y hace falta que cuando vuelva á verlos en Madrid, el alma de mi Inés sea completa é irremisiblemente mía.

La dejo. Ella pensará. Cuando haya meditado que ni en sus desnudeces ni en no importa cuáles bellos juegos nobles de amor y de la vida puede haber ofensa, sino gracia, para el cielo..., la gran contradicción que yo he podido revelarla en ella misma, entre el «cielo» de su espíritu y la «tierra» de su carne, habrá cesado de existir.

Sólo entonces podrá empezar á entender que yo soy un... místico, un místico en armónica y total adoración perenne hacia la Vida, hacia mi vida y la de ella, y la del Universo, y la de Dios..., y que el alma no es sino la luz de resplandores de la carne -como es del sol la luz del sol.

Ella adora menos á su Dios... y hasta le agravia, puesto que le adora con el alma únicamente, y créele de torpeza tal que le pudo crear el cuerpo para el diablo.

Yo adoro á mi Dios... con todo, y en todo le bendigo.

A las once, me manda llamar mi Inés.

Es severo su semblante.

Está en el tocador, sentada. Me hace sentarme, y me pregunta:

-Aurelio... ¿á qué hora pasa el tren para Madrid?

-¿Por qué quieres saberlo?

-¡Porque sí! Porque quiero que nos marchemos á Madrid. Hoy mismo. Te lo pido. Te lo ruego.

-¡Inés!

-Si me quieres, dame esa prueba. ¡La prueba que te exijo!

-Pero... ¿por qué?

-Porque sí, Aurelio. Mira, hoy es domingo. Te olvidaste..., nos hemos olvidado los dos de avisar al cura que decías... para que dijese misa en la ermita...

-¡Bah!... ¡Vendrá el domingo que viene, mujer!...

-No. Hoy, á Madrid. Espero que no me negarás este favor.

Habla rígida, implacable. Se ha levantado, dando por terminada sobre este punto la entrevista. Comprendo que me sería desfavorable en este instante toda discusión con mi mujer, y accedo.

El tiempo es mío. Quiere decir que... seguiremos en Madrid más lentamente la batalla.

La ofrezco partir esta tarde, le brindo el brazo, y bajamos al viejo comedor familiar... que no la asusta.

CAPÍTULO V

Como no hemos avisado, nadie nos espera.

Un ómnibus, desde la estación, y á casa. Paquita y la cocinera vienen con nosotros.

Inés ha dormido mucho en el viaje, ó al menos ha fingido dormir. Como olvidada de... todo, la he visto desorientadísima, cortés y siempre amable conmigo, sin embargo..., propensa en algunos besos al perdón.

¡Es mía! ¡Es mía!

La inocente, sintiendo tan rápida y violenta su derrota, no ha querido más que buscarse un poco el inútil amparo de las gentes..., huyendo de aquella soledad de embrujamiento del demonio en que yo la tenía en la dehesa.

Llegamos á... nuestra casa, á mi nueva casa «para ella», que ella no ha visto aun completamente, y que yo tuve buen cuidado de arreglar á mi deseo.

Otilia nos recibe. Esta vieja y fiel sirviente está advertida de que acabaron mis sandeces de soltero.

Le enseño la casa á mi mujer. Toda, ahora. Incluso el despacho mío, que durante la otra rapidísima visita hube de burlarle, y que se encuentra lleno de... retratos dedicados.

Se sorprende Inés. No mucho, porque en nuestras noches del Zarzal la dejé entrever más de una «historia»... -Los va mirando. Dirígeme... preguntas. Respondo á medias..., puesto que me reservo para más despacio y más abandonados coloquios el irle contando mi pasado -y no por vanidad (que fuese bien idiota), sino porque «también le pertenezca». Yo soy... mi presente, mi porvenir y mi pasado. Ella debe conocerme, para que vea en mi cambio, por su gracia, cuánto le debo agradecer, cuánto sufrí antes de tenerla como una redención.

Nos desayunamos, con algo improvisado, que pedimos á un café, y creo notar, en la faz de Inés, algo cambiados su enojo, su reserva: desde ayer mañana eran éstos de duda y confusión por aquel enorme sacrilegio de la Ermita; ahora... más humanos..., juraría que son debidos á... los celos por esas bellezas vestidas y desnudas que ha visto en los retratos.

La aturdo, en una palabra. Está aturdida..., y no me parece mal.

Terminado el desayuno, la invito á descansar. También aquí, y mejor dispuestas, tenemos contiguas alcobas diferentes.

Pero me dice que durmió en el tren, que yo me acueste; que ella va simplemente á refrescarse y á arreglarse un poco, y que irá entre tanto, con Paquita, á visitar á sus padres.

Paréceme natural; y aunque me ofrezco yo mismo á acompañarla, porque también me parece natural, obstínase afable mi mujer en que me acueste.

Me ve, en efecto, cansado de la noche. Sabe que no duermo en el tren.

Agradecido.

Quedamos en que volveremos juntos al hotel de sus padres por la tarde. En efecto, ahora, que son apenas las ocho, yo los violentaría un poco, porque probablemente estarán durmiendo.

Pasa Inés á sus estancias, y yo me acuesto.

CAPÍTULO VI

A las doce me despiertan, no sin dificultad. Es Paquita y trae una carta.

-¿Y la señora? -le pregunto.

-En casa de sus padres. Su madre me ha dado esta carta para usted.

-¡Cómo! ¡En casa de sus padres... y allí toda la mañana!

Es un reproche de «celoso», que no puedo reprimir, este mío. Me duele un poco, ciertamente, que en cuanto hemos llegado á Madrid, mi Inés tenga más agrado en estar al lado de sus padres que á mi lado.

-No, señor, ¡cá, toda la mañana! -me explica Paca.- ¡Apenas si allí llegamos á las once!... Tomamos un coche, al salir, y la señorita Inés mandó que nos llevasen á Chamberí, á la Iglesia de un Convento.

-Ah, vamos, á oir misa...

-Y á confesarse, después. Una confesión que duró más de tres horas.

-¡Ya!

Abro la carta. Supongo que será llamándome para comer con ella y con sus padres. Paca se marcha.

Pero...

¡Es mi suegra la que escribe!

«Sr. D. Aurelio Ortega y Sánchez de León.»

«Muy señor mío:...

¡Cielo santo, qué principio! -tengo que decir, como aquella del «Tenorio».

Límpiome los ojos, por si tengo aun el sueño en telarañas (pues no parece lógico que la carta de una suegra empiece así), y leo:

«Muy señor mío: mi pobre hija, que está llorando junto á mí, me da el encargo de esta carta.

»No volverá á reunirse con usted. Y si usted quiere tenerle siquiera esta única consideración á dos »señoras, nos dispensará un señaladísimo favor no intentando venir siquiera á vernos, ni á mí ni á ella. »Con toda la posible rapidez, veremos lo preciso para entablar la demanda de divorcio. Y como esta »solución, que apoyará sin duda mi marido, está desde luego firmemente apoyada por mí y »fundamentada antes por el sabio consejo de quien tiene definitiva autoridad en estas cosas, yo espero »que usted se hará cargo de la inutilidad de cualquier oposición.

«Mi pobre hija Inés le aborrece, le detesta. Ni ella ni yo pudimos sospechar que, en su »matrimonio, pudiese ir á la prostitución de un libertino.

ÁNGELES DE OCHOA.»

La carta ha caído de mis manos.

Por un rato no siento más que una montaña de nieve en el alma, que luego me corre por la sangre.

Pero de pronto me arrojo de la cama.

¡Iré por mi mujer! ¡Por mi Inés!

Empiezo á vestirme como loco, como aquel á quien acaban de robarle su tesoro... y... ¡vuelvo á caer en la butaca!

¡No! ¡no!... ¡Es «Ella», «ella» propia, la primera que buscó esta solución!

¡Ella... mía á medias..., del padre Garcés la otra mitad... y que ha vuelto á caer sin tiempo entre sus garras!

¡Mía! ¡Mía!

Lloro.

La miseria del dolor, me obliga á dudar por un instante si no será verdad que yo sea... un canalla, un libertino.

Pero esto que sucede, no tiene remedio. Mi «media naranja» no lo era aún, ni ya más lo será.

¡Lloro... lloro con la visión de aquella virgen de mujer que se me vuela!

La he tenido tan humana, tan hermosa, tan noble en mis besos de oraciones del Amor... y me la quitan!

¡Sí, sí, resueltamente soy un mentecato! ¡Un... «subversivo»! Lo correcto, lo de orden, habría sido que hubiese hecho lo que todos, lo que tantos: la santa mujer, en casa; y las amantes de ilusiones y placeres, por ahí!

El padre Garcés, entonces, me hubiese bendecido..., me hubiese al menos estimado..., lo mismo que a mi suegro.

¡Por el orden!

FIN